Si vous passez un jour à Saint-Gilet, n'hésitez pas à faire un détour par la colline où se dresse le manoir de Mortelune.

Les monts Damnés

Nordburg

Saint-Gilet

La boîte de nuit

Le MALIBU

Un arbre

Les chutes de la Mort

L'usine
de la Cogépol

Le bois
des
Trépassés

Le cimetière
de Mortelune

Les marais
radioactifs

Le manoir
de Mortelune

La départementale

Prenez le temps de flâner dans le cimetière en ruine,
de respirer les senteurs insolites des marais.
Profitez de rencontres inattendues.

La famille
FÉMUR

GILLES & LUC
les zombies

Une petite famille bien
tranquille, qui ne veut
de mal à personne...

Ils sont violents et sales,
et en plus ils ont
mauvais caractère...

BÉATRICE
la maudite

BERNARD
le loup-garou

DRACUNAZE
le vampire

Propriétaire du manoir, elle est hantée par un terrible secret.

Il est le seul loup-garou à se transformer en humain les nuits de pleine lune.

Le plus misérable des vampires, mais un véritable aristocrate.

Osez franchir les grilles du manoir.
Ainsi, vous pourrez lier plus ample connaissance
avec ses pittoresques habitants.

L'HORREUR
des marais

CÉLESTE
le spectre

Le professeur
VON SKALPEL

Ce que les déchets
toxiques des marécages
ont produit de pire.

Toujours d'humeur joyeuse,
la mère de Béatrice est le
plus remuant des revenants.

Un savant génial, mais
à l'esprit complètement
dérangé ! Dommage...

HANS
la créature

Créé par Von Skalpel,
il est unique au monde.
Et c'est tant mieux !

Peut-être aurez-vous la chance d'être invité
à l'intérieur du manoir. Dans ce cas, vous aurez l'occasion
d'apprécier son confort moderne et raffiné, puis...

La chambre
de Von Skalpel

La pièce secrète

Le laboratoire
de Von Skalpel

Le caveau
de la famille
Fémur

Le caveau
de Gilles et Luc

Les marais radioactifs

La chambre
de Béatrice la maudite

Le grenier

Le bureau
de Von Skalpel

La salle de bains

La chambre
de Hans

La salle   à manger

Le hall

La serre

La cave

Le studio
d'enregistrement

La crypte
de Dracunaze

Maudit grenier

Le manoir de Mortelune semblait assoupi dans la nuit glaciale de janvier. Une fine couche de gel recouvrait les branches des arbres et les pierres tombales du cimetière tout proche. Seul signe de vie, un mince filet de fumée s'échappait par la cheminée de la plus haute tour.

Tout en contemplant les flammes qui dansaient devant elle, une femme terriblement distinguée à la beauté froide murmurait : « Moi, Béatrice de Morte-lune, princesse des choses de la nuit, héritière du suprême trône des sorciers, gardienne des secrets obscurs de la magie noire, je le déclare : l'heure est venue ! L'heure est venue de ranger le grenier. »

À peine la sorcière avait-elle prononcé ces paroles qu'un bruit se fit entendre juste derrière elle : Tut-tut ! Se retournant, Béatrice vit une fumée bleuâtre sortir du plancher. Bientôt, cette brume surnaturelle prit la forme d'une femme à l'allure fantomatique.

Béatrice soupira :

– Mère ! Je vous ai dit et redit que « Tut-tut » n'est pas un son approprié pour annoncer l'arrivée d'un revenant ! C'est déjà assez gênant d'avoir un fantôme dans la famille, vous pourriez faire preuve d'un peu de dignité. Essayez au moins une fois dans votre vie – enfin, dans votre mort – d'avoir l'air sinistre !

Le fantôme partit d'un éclat de rire et rétorqua :

– Foi de Céleste, je n'ai pas de leçons à recevoir d'une apprentie sorcière de ton genre ! Et puis, qu'est-ce que j'entends ? Tu veux ranger le grenier ? Je ne te laisserai pas jeter de précieux souvenirs de famille !

Béatrice sortit de sa chambre et claqua la porte avec violence. Céleste la suivit en traversant sans difficulté le solide battant de bois.

– On ne claque pas la porte au nez d'un fantôme, ma fille !

Le grenier du manoir était empli des objets les plus divers. Béatrice soupira en regardant les épaisses toiles d'araignées qui recouvraient chaque recoin de la pièce.

– Quelle désolation ! De si belles toiles ! Je vais pourtant devoir les déchirer pour trier tous ces épouvantables bibelots !

Il est vrai que le grenier était très encombré. Plusieurs générations de Mortelune avaient entassé là des grimoires indéchiffrables, d'antiques sarcophages égyptiens, des totems rapportés d'Amérique, des boules de cristal ébréchées… sans compter les objets déposés ici par les nouveaux habitants du manoir.

Béatrice commença à réunir sur le palier tout ce qui lui semblait bon à jeter. Deux appareils appartenant au principal locataire, un savant un peu dérangé, nommé Von Skalpel, prenaient déjà beaucoup de place.

– Machine à coudre les monstres… Lave-cervelle… Pff ! Qui a besoin de ça ?

Béatrice y ajouta des cercueils rongés par les vers, appartenant au comte Dracunaze, et une vieille collection des disques des Vers Nuisants, un groupe de hard rock très apprécié par Luc le zombie. Elle empila enfin dans une caisse de vieux objets de ses parents dont elle ne savait que faire : quelques vieilles savonnettes parfumées à la mygale, des caleçons usés, un sac plein de perruques roses et vertes, une trompette cabossée et quelques autres breloques de la même sorte.

– Quoi ? Tu veux jeter tous ces précieux souvenirs de ma jeunesse ? s'exclama Céleste. J'avais eu cette robe pour mes cent vingt ans !

– Absolument ! Tu ne la mettras plus, je pense ? Allez, je fais disparaître tout ça. Un sortilège de vide-grenier, et le tour est joué !

Béatrice marmonna une longue et complexe formule magique, et attendit. Un grand « Hu ! Hu ! Hu ! » résonna alors dans la pièce. C'était le rire de Céleste.

– Rien ! Il ne s'est rien passé ! Tu n'es même pas fichue de réussir une formule magique de ce niveau, ma pauvre fille ! Tu aurais dû suivre mes leçons avec plus d'attention !

Béatrice grommela :

– Inutile de gaspiller mes puissants pouvoirs ! Hans se fera un plaisir de m'aider en échange de quelques bricoles.

Béatrice descendit l'escalier, la caisse à la main.

Maudits locataires

Béatrice était la propriétaire du manoir de Mortelune depuis le départ de son père Toussaint, plusieurs dizaines d'années auparavant. Elle partageait maintenant la vaste demeure familiale avec diverses créatures plus ou moins humaines qui lui versaient à l'occasion un loyer misérable. Cette compagnie n'était pas exactement celle dont elle aurait rêvé…

Une énorme chose verdâtre, couverte de pustules et dégoulinante d'un liquide gluant, était assise au bas de l'escalier. Béatrice demanda à l'Horreur des marais

– car c'était le nom de cette chose peu appétissante :

– Cher ami, pourriez-vous me dire si Hans est déjà debout ? J'ai besoin de lui pour jeter diverses ordures.

D'une voix clapotante, la créature répondit :

– Hans ? Il doit se trouver dans le labo avec le professeur.

Avisant la trompette qui dépassait de la caisse de Béatrice, la chose continua :

– Ça vous gênerait si je récupérais cet instrument ? J'ai toujours pensé que je serais doué pour la musique.

Béatrice laissa l'Horreur s'emparer de la trompette cabossée et se dirigea vers le laboratoire. Elle s'apprêtait à frapper à la porte quand un son abominable se fit entendre derrière elle ; on aurait dit le cri d'un éléphant enfermé dans une barrique de morve. Un bruit à la fois aigu et glougloutant, qui irrite les nerfs tout en donnant envie de vomir. Béatrice se retourna pour constater que c'était simplement l'Horreur qui avait soufflé dans sa trompette. La chose grommelait tout en secouant son instrument :

– Zut ! Déjà bouchée ! J'ai juste soufflé dedans, pourtant...

L'Horreur fut interrompue par un personnage furieux qui venait d'entrer dans le hall. Toutes dents dehors, le poil hérissé, Bernard le loup-garou se précipita sur la trompette de l'apprenti musicien :

– Ça suffit ! Ces couinements poisseux m'empêchent de faire la sieste !

Tout en prononçant ces mots, Bernard avait tordu violemment l'instrument. L'Horreur se jeta sur le loup-garou en gargouillant des injures et commença à le frapper de ses gros poings dégoulinants.

Béatrice s'écarta de quelques pas afin d'éviter les giclées de liquide vert projetées par l'Horreur et soupira. Combien d'années encore allait-elle devoir supporter les imbécillités de cette bande de créatures presque dépourvues de cerveau ? Elle se décida à frapper à la porte du laboratoire.

Le professeur Von Skalpel était un humain à peu près normal, si on considère comme normal quelqu'un dont la principale activité consiste à bricoler des monstres. En tout cas, il avait une certaine autorité sur les autres habitants de la maison. Il saurait sûrement faire cesser cette dispute avant qu'elle ne dégénère.

Il fallut quelques minutes pour que la porte s'ouvre. Ce ne fut pas le professeur qui apparut, mais un être énorme aux traits déformés et à l'allure maladroite. Un assemblage de pièces détachées mal cousues, recouvertes d'une peau très abîmée – le fameux Hans, assistant du professeur et homme à tout faire du manoir.

Très embarrassé, il expliqua dans son charabia original :

– Oh, je suis bien désolé, chère dame Béatrice, mais voilà que mon professeur est occupé à une expérience fort complexe qu'il ne peut pas en être dérangé. Je dois vous fermer la porte au nez avec mon respect.

Je suis à vous dans 2 minutes...

– Attendez un peu, Hans. J'ai un travail pour vous. J'ai mis sur le palier du dernier étage toutes sortes de vieilleries à emporter à la décharge. Vous pourrez garder ceci...

Béatrice donna sa caisse à Hans et en profita pour jeter un coup d'œil dans le laboratoire. Elle aperçut le professeur Von Skalpel, maintenu à trois mètres du sol par un tentacule qui sortait d'une énorme marmite. Tout en refermant la porte, Hans cria au savant :

– Tenez bon, mon professeur ! On va la réussir, cette vieille recette du cassoulet au calmar géant...

Béatrice haussa les épaules. Impossible de compter sur qui que ce soit, dans cette maison de fous !

Elle enjamba Bernard, qui mordait le bras gauche de l'Horreur, tandis que cette dernière le frappait à coups de trompette, et remonta vers sa chambre avec une grimace écœurée.

Près d'une heure plus tard, alors que le cassoulet au calmar mijotait à feu doux et que le professeur Von Skalpel soignait ses blessures, Hans ouvrit enfin le carton offert par Béatrice. Un grand sourire illumina sa face, tel un arc-en-ciel apparaissant au-dessus d'une décharge publique :

– Voici donc ce que Dame Béatrice m'a fait en cadeau. Transbordons bien vite ce trésor dans ma modeste chambrette.

En montant l'escalier, le carton sous le bras, Hans était si heureux d'avoir eu ce cadeau qu'il ne prêta pas attention au petit rire discret qui provenait du fond de la caisse.

Maudit dentifrice

Après avoir essayé les perruques multicolores de Céleste, Hans disposa son trésor sur la cheminée. Bientôt, celle-ci fut encombrée par une vieille pantoufle, un pot à moutarde ébréché en forme de cocker et trois flacons de vernis à ongles violet.

Hans bondit de joie en trouvant la réserve de savonnettes au parfum de mygale :

– Merveilleux ! Je vais pouvoir laver ma peau à l'aide de ces vrais accessoires de beauté qui confèrent une texture douce et bien sentante à mademoiselle Béatrice !

Au fond du paquet qui contenait les savonnettes, Hans découvrit encore un étrange objet. Un petit cylindre vert et bleu, sur lequel était écrit :

Sanigencive - dentifrice au fluor

– Du dentifrice ! J'avais entendu parler de ça, mais sans connaître sa vraie apparence.

Tout excité, Hans dévissa le bouchon. À son grand étonnement, une voix aigrelette couina :

– Je prie Monsieur de cesser d'appuyer sur ce tube ! Il est déjà suffisamment étroit comme cela !

Hans sursauta et laissa tomber le tube ouvert, faisant jaillir une giclée de pâte verte, qui grossit en un instant, prenant la forme d'un petit être à l'allure étrange.

Ce personnage, pas plus haut que le tabouret de Hans, était vêtu d'un costume élégant bien que démodé. Et il dégageait une forte odeur de menthe.

Plus Hans l'observait, plus il le trouvait bizarre. Évidemment, le fait qu'il sorte d'un tube de dentifrice était déjà assez inhabituel. Mais il y avait autre chose : une paire de cornes, une queue fourchue et deux ailes de chauve-souris… Le pauvre Hans, complètement terrorisé, sauta derrière le lit en criant :

– Arrière, Satan ! Débarrasse le plancher de mon logis ! Retourne dans les enfers, ou dans ton tube de dentifrice !

Sans émotion apparente, le diablotin répondit :

– Je prie Monsieur de se rassurer. Je ne suis pas Satan, mais Lucifred, un simple démon domestique

Hiiiii !

MONSIEUR désiRe
QUE JE FASSE
La CHambRe ?

HANS

au service de Monsieur de Mortelune. Si Monsieur veut bien m'indiquer où je pourrai retrouver mon maître, je me ferai un plaisir de débarrasser immédiatement le plancher, comme dit Monsieur.

Hans, toujours tremblant, rabattit sur sa tête une couverture et tendit le bras pour ouvrir la porte en bégayant :

– Monsieur de Mortelune, je sais pas qui c'est... Mais il y a mademoiselle Béatrice vivant dans la tour.

– Monsieur est bien aimable, lança le démon avant de quitter la pièce.

Béatrice était affalée sur son lit, épuisée par la matinée qu'elle venait de subir. Ce n'étaient pas tous les efforts déployés pour ranger le grenier qui l'avaient mise dans cet état, mais plutôt les reproches de sa mère, l'insuccès de ses formules magiques et l'agitation de ces monstres stupides.

« Je dois mettre de l'ordre là-dedans, ne cessait-elle de se répéter. Je suis la baronne de Mortelune, la seule maîtresse de ce manoir jadis prestigieux.

Ah ! Si seulement papa revenait ! Il ferait déguerpir tous ces profiteurs ! Hélas, le diable seul sait où il est parti… »

C'est à ce moment que l'on frappa à la porte de Béatrice. Elle bondit hors de son lit, saisit un épais livre de magie et s'assit dignement à son bureau :

– Qu'est-ce que c'est ? Qui ose me déranger ?

– C'est moi, Mademoiselle Béatrice, votre fidèle Lucifred.

– Lucifred ?

Ce nom ramenait Béatrice des années en arrière, à une époque qu'elle croyait révolue ; l'époque où le manoir était encore une ruine gaie et pleine de vie, dans laquelle elle coulait des jours heureux près de son père, Toussaint. C'était Lucifred, leur démon familier, qui s'occupait des tâches domestiques, qui lui préparait ses tartines au beurre de blattes pour le goûter, qui lui apprenait à reconnaître les plantes du cimetière et les chants des crapauds.

Béatrice se précipita pour ouvrir :

Maudit dentifrice

– Lucifred ! Tu es revenu ! Moi qui te croyais parti avec…

Rosissant de bonheur face à un tel accueil, le petit démon protesta :

– Mais non, Mademoiselle Béatrice, je n'étais pas parti ! J'avais été oublié par mégarde dans un tube de dentifrice.

– Ah ! C'est ça, cette odeur de menthe, répondit Béatrice en se bouchant le nez.

– Je ne sais pourquoi, mais des années se sont écoulées sans qu'on pense à m'en sortir ! Enfin, aujourd'hui, je me remets au service de Monsieur votre père !

– Hum ! Je te dois la vérité. Mon père a quitté le manoir, pour… euh… pour des raisons personnelles. Désormais, la patronne, ici, c'est moi.

– Et Madame Céleste ?

Béatrice était embarrassée :

– Ma défunte mère est désormais un vague fantôme, une brume évaporée et ricanante. Donc, c'est à moi que tu vas obéir.

– Mes condoléances, Mademoiselle. J'imagine votre peine…

Mais Béatrice n'écoutait plus. Elle échafaudait déjà un plan subtil pour prendre le contrôle absolu du manoir.

Maudit espion

– Lucifred, j'ai un plan subtil pour prendre le contrôle absolu du manoir. Et tu vas m'aider ! Ces dernières années, une foule de monstres s'est installée ici plus ou moins officiellement. Je ne peux plus les supporter !

– Voilà qui est fâcheux ! Et pourquoi Mademoiselle ne demande-t-elle pas à ces... individus de partir ?

– Eh bien... les lois de l'hospitalité, Lucifred ! Vois-tu, nous autres, humains, ne pouvons pas mettre les gens dehors comme ça. Surtout quand ce sont des monstres de cent vingt kilos et plus, avec des tas de muscles, de crocs, de griffes et un caractère de cochon.

– Je comprends, fit Lucifred en hochant la tête. Peut-être, alors, devriez-vous utiliser la magie, vous qui descendez d'une fameuse famille de sorciers ?

Béatrice se souvint du jour où elle avait tenté de transformer Bernard le loup-garou en crapaud. Il avait juste pris une couleur verdâtre et s'était tellement mis en colère qu'elle avait dû se cacher dans la cuve à mazout, où elle avait passé trois jours en attendant qu'il se calme. Béatrice haussa les épaules et répondit :

– Ce serait un peu déloyal pour une magicienne de mon niveau. Non, je préférerais utiliser la ruse. Mais, pour cela, je dois découvrir leurs faiblesses. Et toi seul peux m'y aider…

Une demi-heure plus tard, une étrange petite créature se glissait hors de la chambre de Béatrice. Si quelqu'un l'avait croisée dans les couloirs sombres du manoir, il n'y aurait pas prêté attention, croyant

qu'il s'agissait d'un gros rat, d'un mille-pattes géant
ou d'une main échappée du laboratoire du professeur
Von Skalpel. Mais cette créature n'était autre que
Lucifred, réduit à une taille qui le rendait encore
plus discret, plus silencieux et plus agile que d'habitude ;
une taille idéale pour un espion.

Béatrice songeait à la mission dont elle avait
chargé Lucifred. Elle avait confiance en sa capacité
de trouver des faits compromettants sur les occupants
du manoir. Après tout, quand elle était petite, le
diablotin s'arrangeait toujours pour dénoncer ses
moindres bêtises à son père !

Le plus dur serait
de bien
utiliser
les infor-
mations
qu'il
allait lui
rapporter.

PAR LE GRAND SATAN,
JE T'ORDONNE DE
LÂCHER CETTE
QUEUE !!!

TRÈS BIEN :
SOIS MAUDIT !

Dans les jours qui suivirent, Lucifred travailla avec ardeur à la tâche assignée par sa maîtresse. Personne au manoir ne remarqua sa présence, tant il était discret, même si chacun s'étonnait de l'odeur de menthe qui flottait de temps à autre dans les couloirs.

Lucifred livra à sa maîtresse les moindres faits et gestes des habitants du manoir, et même certains

documents confidentiels. Béatrice commençait à mieux percevoir les points faibles de ses locataires.

Assise à sa table de travail, elle récapitula ce que Lucifred lui avait fourni :

– Voyons un peu... Chez le professeur Von Skalpel, tu as trouvé ce manuel sur les créatures de la nuit. Très bien ! Et il y a aussi ces étranges courriers d'un certain Ray Fortuna*. Il faudra tirer cela au clair. Mais nous allons commencer par nous occuper du cimetière...

Juste à côté du manoir de Mortelune, un antique cimetière abritait en effet de nombreuses créatures peu avenantes, dont les plus remuants étaient deux frères zombies, Gilles et Luc. Mais Béatrice semblait vouloir en finir d'abord avec leurs voisins squelettes...

* Voir « Hans, le meilleur des monstres », dans la même collection.

– Cette famille Fémur devrait être facile à manipuler, Lucifred. Parmi les papiers que tu as découverts chez eux, il y a une carte postale de leur oncle Maurice, qui m'a donné de grandes idées. Va au grenier, tu y verras plusieurs sarcophages. Descends le plus grand. Pendant ce temps, j'ai du courrier à faire…

Béatrice trempa sa plume dans l'encrier et s'essaya à imiter l'écriture de la carte postale qui était posée devant elle – une magnifique photo des pyramides d'Égypte.

Maudit tonton

Ce lundi matin, le cimetière de Mortelune était recouvert d'une épaisse couche de neige. À l'intérieur du caveau de la famille Fémur, les squelettes tremblaient, glacés jusqu'aux os. Radius, le père de famille, tentait d'allumer le poêle à bois quand il entendit frapper à la porte.

– Monsieur Fémur ! Ouvrez-moi. J'ai quelque chose à vous remettre !

Le père squelette ouvrit, et vit Béatrice, qui lui tendait un paquet plus haut qu'elle.

– Le facteur a déposé ça devant la grille. C'est pour vous, on dirait.

Aussitôt, les enfants Fémur jaillirent de leurs cercueils, emmitouflés dans d'épaisses couvertures. Momoplate, l'aîné, et Titibia, sa petite sœur, étaient impatients de découvrir le contenu du mystérieux paquet.

– Allons, les enfants, du calme ! cria leur père. Oh ! Qu'est-ce que c'est que ce bazar ?

– Peut-être la machine à sécher les os que j'ai commandée aux Trois Suistres ? dit Clavicule, son épouse. Fémur arracha le papier d'emballage... Un sarcophage égyptien, un peu moisi mais en bon état, apparut.

Maudit tonton

– Il doit s'agir d'une erreur, commenta Fémur.

Béatrice, qui avait du mal à cacher son agacement, suggéra :

– Et si vous l'ouvriez ?

Avant même que Fémur ait fait un geste, Momoplate bondit en avant et souleva le lourd couvercle de bois.

Il s'écria :

– Une enveloppe ! Z'ai trouvé une enveloppe !

– Donne-moi ça ! rugit son père en lui arrachant le papier des mains.

Le squelette en sortit une lettre, qu'il se mit à lire à voix haute :

Cher Radius, chère Clavicule !

Je vous écris depuis la terrasse de ma pyramide de campagne. Il fait près de 35 degrés à l'ombre, et j'ai défait mes bandelettes pour bronzer. Puisque l'hiver est si rude dans votre pays, pourquoi ne viendriez-vous pas me rejoindre ici ? J'ai une crypte d'amis prête à vous recevoir. À très bientôt en Égypte.

Tonton Maurice

– En Égypte ? répéta Clavicule, son épouse, d'un air inquiet.

– En Égypte ! hurlèrent Momoplate et Titibia. On va voir Tonton Momie ! Les pyramides ! Le Sphinx ! La tour Eiffel !

– Ne vous emballez pas ! dit Clavicule. Nous connaissons à peine cet oncle Maurice, il nous a juste écrit une fois. Et l'Égypte, c'est loin… Nous n'aurons jamais l'argent pour un tel voyage. En admettant que l'on trouve un moyen d'y aller…

– Votre mère a raison, dit Fémur tout en repliant la lettre.

Béatrice était restée à proximité. Elle semblait très occupée à jardiner, en secouant un vieil arrosoir rouillé au-dessus d'un pot de géranium posé sur une tombe, mais, en réalité, elle ne manquait pas une miette de la scène. Elle s'exclama :

– Attendez ! Vous n'avez pas regardé au fond de l'enveloppe !

Radius secoua l'enveloppe : il en tomba plusieurs feuilles, que Clavicule ramassa.

Maudit tonton

– Des billets de train ! Quatre allers-retours Saint-Gilet / Égypte.

– Hourra ! crièrent les enfants. Vive Tonton Maurice !

Radius, incrédule, examinait les billets :

– Bizarre… Je ne savais pas qu'il y avait un train qui reliait Saint-Gilet à l'Égypte.

Les billets de train étaient de simples bouts de papier, sur lesquels on avait écrit d'une main appliquée « Société des chemins de fer. Départ lundi à 17 heures 23 de la gare de Saint-Gilet.

Arrivée lundi 20 heures 17 à la gare d'Égypte. »

Les squelettes n'avaient jamais pris le train. Méfiant, Radius s'avança vers Béatrice :

– Excusez-moi de vous déranger en plein jardinage, mais j'aimerais avoir votre avis sur ces billets…

Une heure plus tard, Béatrice était de retour dans sa chambre.

Lucifred sortit la tête du tiroir de la commode, où il faisait un somme.

– Alors, Mademoiselle ? Ça a marché ?

Béatrice lui raconta ce qui venait de se passer.

– J'ai bien cru que tout était perdu, ajouta-t-elle, mais finalement, je les ai convaincus de partir. Ils se sont entassés dans le sarcophage. Radius a même dû démonter Clavicule pour que tout le monde entre dedans. Je leur ai dit que j'enverrais Hans le porter à la gare. Ils sont persuadés que leur oncle le récupérera, ces crétins !

– Ah ! Ah ! Mademoiselle est géniale. En réalité, personne ne les libérera ! Ils resteront sur un quai de gare d'Égypte jusqu'à la fin des temps !

– Mais non, imbécile ! Personne ne va en Égypte.
Les billets de train sont des faux – assez bien imités,
je dois dire. J'ai confié le sarcophage à Hans, avec les
autres affaires dont je veux me débarrasser. À l'heure
qu'il est, il s'apprête à jeter le sarcophage roulé dans
une couverture à la décharge de Saint-Gilet. On
n'entendra plus jamais parler de la famille Fémur !

Béatrice ouvrit le tiroir de son bureau et en tira un document :

– Lucifred, il est temps de passer à la phase deux de mon plan maléfique. Je vais rendre une petite visite à l'Horreur des marais. J'ai découvert dans les papiers du professeur Von Skalpel un document qui devrait beaucoup l'intéresser… Mais j'ai du travail pour toi aussi. Tu vas me camoufler toutes ces cornes et ces ailes ridicules et courir chez le croque-mort, Alban Salmon. Prétends que tu es un riche client et demande-lui les documents suivants…

Maudit cimetière

Lorsque Béatrice revint des marais, elle avait l'air fatigué. Elle retrouva Lucifred, de retour de Saint-Gilet, qui était en train d'ôter sa casquette couvre-cornes.

– Tout va bien, Mademoiselle ?

– Oui ! J'ai dû supporter deux sonates de Mozart et tous les airs de publicité pour « La vache qui crie », massacrés à la trompette par cette chose répugnante, mais j'ai réussi à lui assurer qu'elle avait du talent. Je lui ai fait écrire cette lettre, et j'espère qu'elle aura bientôt une réponse. Tu iras la poster à Saint-Gilet dès que nous en aurons fini avec les zombies.

Lucifred prit l'enveloppe que sa maîtresse lui tendait et lut l'adresse avec étonnement :

– « Ray Fortuna, Nordburg ». Est-ce un spécialiste du débouchage des égouts ?*

– Non, pas exactement… Mais nous ne devons pas perdre de temps. As-tu rapporté de chez le croque-mort les brochures dont je t'ai parlé ?

– Oui, Mademoiselle. Il m'a montré ce qui se fait de plus chic…

Béatrice arracha le papier des mains griffues de son démon domestique et se rendit à son bureau, où elle rédigea une courte lettre. Jetant un coup d'œil par la fenêtre, elle s'exclama :

– Juste à temps ! Voilà Luc le zombie. File immédiatement au caveau des Fémur et mets ces papiers sur le bureau. Et discrètement, hein !

Lucifred prit l'apparence d'une chauve-souris et s'envola en direction du cimetière, les papiers dans

* Voir « Hans, le meilleur des monstres », dans la même collection.

la bouche. Pendant ce temps, Luc, le plus jeune des zombies, se dirigeait lui aussi vers le caveau des Fémur. Il venait d'écouter ses cinq disques des « Dérangés de la rate », et il avait eu beau mettre le son à fond, aucun squelette n'était venu protester. Vaguement inquiet, Luc s'attendait à voir le père Fémur lui sauter dessus à tout moment.

Le zombie frappa à la porte du caveau. N'entendant aucune réponse, il ouvrit la porte, sans prêter attention à la chauve-souris qui s'envolait sous son nez.

Lucifred entra par la fenêtre. Il allait reprendre sa taille normale, mais Béatrice lui ordonna :

– Cache-toi sous le lit, nous allons avoir de la visite !

Maudit cimetière

Au même moment, Luc ressortait du caveau des Fémur, les papiers à la main. Dix minutes plus tard, les zombies faisaient irruption dans la chambre de Béatrice.

– Qu'est-ce que ça veut dire ?

Luc brandissait la lettre signée de Béatrice, qu'il lut avec difficulté.

À l'attention de Radius Fémur.

Cher locataire,

La route départementale qui longe le cimetière
va prochainement être transformée en autoroute
à huit voies, entraînant la démolition
de votre sépulture. En tant que propriétaire,
je suis dans l'obligation de vous reloger.
J'ai donc loué à votre nom un emplacement
au cimetière dit Le domaine des Ifs,
à Monrepos sur Trépas, dont le directeur
est un vieil ami de ma famille. Vous êtes libres
d'y emménager à partir de ce jour.

Signé : Béatrice de Mortelune.

La brochure en couleur agrafée à la lettre détaillait les aménagements luxueux du cimetière de Monrepos. Caveaux insonorisés avec vue sur la mort, fosse commune relaxante à jets d'eau chaude, cercueils chauffés, tous commerces à proximité : un vrai rêve pour mort vivant…

Luc fulminait :

– Et alors ? Et nous ? On peut se faire bétonner, ça ne vous gêne pas ? On exige d'être relogés dans les mêmes conditions que ces sacs d'os !

Le zombie frappa un grand coup sur la commode, si fort que sa main se détacha et vola jusque dans un vase de roses fanées. Tandis que Gilles farfouillait dans le vase, Béatrice répondit :

– Eh bien, vous n'êtes pas exactement mes locataires, et…

Elle fut interrompue par Luc, très énervé :

– Ça suffit, miss bla-bla ! Si les faces de crâne ont droit à un cimetière pour catégories favorisées, je ne vois pas pourquoi on resterait là ! Si nos asticots dérangent, faut le dire !

Maudit cimetière

Avec la main qui lui restait, Luc avait saisi un lourd flacon de parfum à la vipère et menaçait de l'envoyer à la figure de Béatrice. Celle-ci recula en disant :

– Holà ! Calmons-nous. Tout est négociable…

Une demi-heure plus tard, les deux zombies sortaient de la chambre de Béatrice, un sourire édenté

mais satisfait sur le visage. Gilles tenait à la main un billet signé de la main de Béatrice, qui les recommandait au directeur du cimetière de Monrepos sur Trépas. Luc, lui, était plongé dans la lecture d'une carte dessinée par la jeune femme :

– Ouah, ça a pas l'air tout près, son machin ! Il faut dépasser Saint-Gilet, puis traverser les monts Damnés…

Tout en observant par la fenêtre les zombies qui s'éloignaient du cimetière d'un pas traînant, leurs bagages à la main, Lucifred demanda à Béatrice :

– Quand ils arriveront sur place, que feront-ils si le directeur les refuse, Mademoiselle ?

– Lents et maladroits comme ils sont ? Ils n'arriveront jamais sur place ! Je leur ai indiqué un chemin si difficile qu'ils auront perdu bras, pieds et boyaux avant d'en avoir parcouru la moitié. Et, têtes de mule comme ils sont, ils préféreront tomber en morceaux plutôt que de faire demi-tour !

SANGSUE
MON
AMIE

Maudit vampire

Onze jours passèrent, pendant lesquels Lucifred se livra à un curieux manège : tous les soirs, juste avant le coucher du soleil, il chaussait de lourdes bottes et allait marcher dans la neige tout autour du manoir.

Le douzième jour, il commençait à s'impatienter :

– Mademoiselle pourrait-elle m'expliquer à quoi servent ces promenades ? J'ai l'impression de tourner en rond !

– N'aie crainte, Lucifred. Tu vas bientôt comprendre. D'ailleurs, ce soir, je te propose une tâche plus distrayante : tu vas clouer ces tresses d'ail sur les portes extérieures du manoir.

– De l'ail ? Beurk ! Enfin ! Si tel est le vœu de Mademoiselle…

Comme beaucoup de créatures de la nuit, Lucifred éprouvait une certaine répugnance pour l'ail. Il alla cependant remplir sa mission tandis que Béatrice se dirigeait vers le salon.

Tous les habitants du manoir, réunis devant la télévision, commentaient l'absence des Fémur et des zombies. L'Horreur des marais avait sa théorie :

– Moi, je dis qu'ils en ont eu assez de tes expériences, prof ! Te voir sans cesse déterrer des corps près de chez eux, ça a dû les énerver, à la longue.

– Balivernes ! répliqua Von Skalpel. Je ne suis pas allé au cimetière depuis deux mois, la terre est gelée. S'ils ont été dérangés par quelqu'un, c'est plutôt par vous et vos concerts de trompette. On dirait une truie démente qui souffle dans un biniou en peau de varan, ou l'inverse.

– Une truie démente, peut-être, mais qui aura bientôt du succès. Grâce à Béatrice, j'ai de grands projets. Ce matin même, j'ai reçu un courrier de…

Béatrice interrompit l'Horreur avec précipitation :

– En tout cas, il se passe des choses étranges dans ce manoir depuis quelque temps…

Bernard le loup-garou haussa les épaules :

– Des choses bizarres ! Qu'est-ce qu'il peut y avoir de plus bizarre que d'être en train de regarder

« Inspecteur Derrick » en compagnie d'un vampire, d'un tas de gélatine verdâtre et d'un monstre fait de bout de cadavres ?

– Oh ! gémit Hans. Ce n'est pas « Derrick », c'est « Colombo ». Mais je suis bien le seul qui suit le téléviseur ici !

Béatrice expliqua :

– Je parle de tous ces objets qui ont disparu. On m'a volé plusieurs talismans d'une grande valeur…

Von Skalpel, songeur, ajouta :

– Ma foi, maintenant que vous le dites… Un manuel fort rare sur les créatures de la nuit a disparu de ma bibliothèque voici quelque temps… Et puis, il y a ces mystérieuses empreintes de pas sur la neige…

À ce moment, Bernard le loup-garou fit irruption dans la pièce en criant :

– Je viens de surprendre un inconnu qui clouait de l'ail sur la porte d'entrée ! Pas moyen de l'attraper, il s'est enfui dans la nuit en laissant juste une vague odeur de menthe…

Le comte Dracunaze, un vieux vampire un peu

snob, qui ne s'était pas mêlé à la conversation jusqu'alors, pâlit. Béatrice se leva en soupirant :

– Sans doute un paysan superstitieux qui croit tout ce qu'on raconte sur ce manoir...

Alors qu'elle montait vers sa chambre, elle fut rejointe par le comte, fort inquiet :

– Béatrice, dites-moi, ces objets qui ont été volés dans votre chambre... De quoi s'agit-il, au juste ?

– Il y avait plusieurs crucifix, un miroir à manche d'ivoire, et un épieu que mon père avait rapporté de Transylvanie...

– Horreur ! L'ail sur les portes... Des crucifix, des miroirs, un épieu ! C'est du matériel de chasseur de vampires... Il rôde dans les environs un ennemi des morts vivants. Il a déjà éliminé les Fémur et ces pauvres zombies, et le prochain sur sa liste, c'est moi ! Je ne dois pas rester dans ce manoir une journée de plus ! Il va me pieuter en plein sommeil ! Mais où aller ?

Béatrice fit mine de réfléchir un instant.

– Hum... Ma famille possède près de Nordburg une petite crypte de campagne. Le

confort est sommaire, mais l'endroit est calme et isolé. Vous pourriez y séjourner le temps que je tire cette affaire au clair…

– Oh ! Béatrice ! Vous me sauvez ! Je vais préparer mon cercueil de voyage. Mais comment me rendrai-je là-bas ? Vous savez que je ne puis voyager de jour…

– Allez faire vos bagages. Je trouverai une solution.

Au lever du jour, le lendemain matin, Béatrice et Hans étaient en grande conversation devant la grille du manoir. Hans semblait hésiter :

– Mais, Madame la baronne, vous êtes sûre que mon professeur sera d'accord ?

– Bien entendu, Hans ! Tu as bien le droit de prendre quelques jours de vacances. Et puis, cela me rendra un grand service. Mon cousin attend ce paquet avec impatience.

– Mais… je ne saurai jamais !

Béatrice réprima un soupir d'agacement. Pour la huitième fois, elle expliqua à Hans :

– C'est très simple. Tu marches jusqu'à l'abribus, en direction de Saint-Gilet. Tu montes dans le car de

8 heures 19. Tu ne dis rien, et tu ne bouges pas. Tu descends au terminus, et tu attends mon cousin Rodolphe. Tu lui donnes le paquet, et tu reviens par le car suivant. C'est compris ?

– Mais les gens n'auront pas la frayeur de moi ?

– Non, Hans. Je vais te faire profiter d'un de mes sortilèges les plus enviés – la formule de beauté !

Effectivement, Béatrice, à l'aide d'une simple formule magique, de huit litres de fond de teint et d'une épaisse cagoule de laine, parvint à transformer la trogne hideuse de Hans en un visage à peu près passe-partout. Tout en observant Hans, qui s'éloignait, le cercueil de voyage de Dracunaze sous le bras, elle ricanait :

– Le cousin Rodolphe ! Décédé en 1823 ! Avant que Hans le trouve, Dracunaze aura eu le temps de moisir dans son cercueil !

Elle pivota sur ses talons et se dirigea vers les marais.

Maudite trompette

Depuis une demi-heure déjà, les gémissements de la trompette retentissaient dans tout le domaine de Mortelune. Tout en se bouchant les oreilles, Béatrice longea le manoir et s'engagea dans les marécages, prenant garde à éviter les sables mouvants.

L'Horreur accueillit Béatrice avec un grand sourire dégoulinant de bave verte.

— Te voilà enfin ! J'ai failli partir sans t'attendre. J'en ai profité pour répéter une dernière fois !

— J'ai entendu, dit Béatrice en posant sa main sur

la trompette pour s'assurer que l'Horreur n'allait pas reprendre son concert. Vous avez encore fait des progrès !

– Tu trouves, toi aussi ! Cette fois-ci, même les petites bestioles des marais se sont tues pour m'écouter – je crois que je les ai touchées jusqu'au fond d'elles-mêmes !

Béatrice hocha la tête en pensant aux nombreux crapauds qu'elle avait trouvés raides morts le long du chemin. Elle se contenta de répondre :

– Vous devrez vous surpasser pour votre audition à Nordburg. Ce Ray Fortuna est un homme puissant, il peut vous lancer dans le métier !

– Je sais ! Encore merci pour m'avoir aidé à lui écrire. J'aurais jamais su faire une lettre avec un tel bla-bla tout seul !

Béatrice sourit discrètement en repensant à la lettre qu'elle avait rédigée pour l'Horreur, la semaine précédente :

Maudite trompette

Cher monsieur Fortuna,

Je suis un jeune trompettiste encore peu connu, mais je ne doute pas que mon style très personnel saura séduire un large public. Aussi à l'aise dans l'interprétation des grands classiques (Beethoven, Bach, les 2B3) que dans des créations originales (ma « Sérénade pour un cactus » ne manque pas de piquant), je peux également rendre service en éloignant rats, cafards et cambrioleurs dans un rayon de deux kilomètres. J'espère que vous m'accorderez au plus vite une audition.

Signé : H. des Marais.
PS : Je suis un ami de Hans.

Béatrice se réjouissait d'avoir mis la main sur l'adresse de Ray Fortuna dans les affaires du Professeur Von Skalpel. Elle ne comprenait pas exactement les relations entre ce célèbre producteur de disques et le savant – apparemment, Von Skalpel lui soutirait de l'argent. En tout cas, Béatrice avait saisi tout l'attrait que Fortuna pourrait représenter pour l'Horreur des marais, qui ne rêvait plus que de gloire.

– Ainsi donc, vous avez reçu une réponse, dit-elle à l'Horreur.

– Oui, le facteur de Saint-Gilet l'a laissée hier matin dans la boîte aux lettres. Je suis attendu pour jouer devant monsieur Fortuna !

Béatrice lut la lettre que lui tendait le monstre et la mit dans sa poche avec un air satisfait. Elle sortit de son sac un grand morceau de toile plastifiée et le donna à l'Horreur.

– Voici une tunique qui vous permettra de voyager discrètement jusqu'à Nordburg. Évitez tout de même les humains. Dès que vous entendez un véhicule, rabattez la capuche et restez immobile sur le bas-côté de la route. Vous savez comme les gens peuvent être méchants parfois avec les monstres. Heureusement, Ray Fortuna, lui, saura vous juger à la mesure de votre talent !

– Oh ! Béatrice ! T'es vraiment une chic fille ! Je vais te jouer « Coucher de soleil sur la caserne de pompiers » pour te remercier !

– Non, non, vous n'avez pas le temps ! Il faut filer,

maintenant, si vous ne voulez pas manquer votre rendez-vous ! Allez-y !

Béatrice resta quelques minutes à observer l'Horreur qui s'éloignait sur la route, empêtrée dans sa cape de plastique bleue. Soudain, elle sentit une goutte glaciale sur son front, puis une autre : la pluie commençait à tomber. Au loin, l'Horreur rabattit sa capuche. On aurait juré un énorme sac-poubelle rempli de gélatine. Même à cette distance, Béatrice pouvait lire l'inscription qu'elle avait tracée au dos de la tunique :

« Déchets industriels. À manipuler avec précaution. »

Un camion poubelle finirait bien par ramasser l'Horreur au bord de la route. Ce n'était qu'une question d'heures.

Maudit savant

Le reste de la matinée sembla très long à Béatrice. Elle ne cessait d'aller et venir dans le manoir, surveillant ses derniers occupants. Depuis la veille, le professeur Von Skalpel, enfermé dans son laboratoire, étudiait les résultats de la greffe d'un cerveau de grenouille sur un rat. Pour le moment, deux rongeurs étaient morts noyés, et le seul survivant s'épuisait en essayant de gober des mouches. Absorbé par cette expérience passionnante, le savant n'avait pas vraiment compris ce qui s'était passé au manoir.

Bernard, quant à lui, rôdait dans le parc, l'air encore plus rageur que d'habitude.

– Lucifred, il est temps d'en finir ! s'exclama Béatrice. Tu vas te rendre près du laboratoire et provoquer une catastrophe spectaculaire. Mais, d'abord, tu passeras dans la chambre de Hans pour déposer cette lettre sur son lit.

– Bien, Mademoiselle !

Le professeur Von Skalpel était en train de nourrir son rat avec des vers de vase quand un terrible bruit le fit sursauter, un fracas épouvantable – comme si la lourde étagère à produits chimiques qui était bien calée dans le fond de son laboratoire venait de se renverser. Le savant se retourna et constata que c'était exactement ce qui s'était passé. Sur le carrelage, les produits commençaient à se mélanger en sifflant et en glougloutant. Von Skalpel se rendit compte qu'une douzaine de réactions chimiques particulièrement redoutables allaient se déclencher, et il sortit du laboratoire, son rat à la main, en criant :

Maudit savant

– Hans ! Il y a un peu de ménage à faire.

Mais personne ne lui répondit. Le manoir était étrangement silencieux.

Von Skalpel se précipita dans le hall d'entrée, et il se trouva nez à nez avec Bernard le loup-garou.

– Bernard, vous n'avez pas vu Hans ?

– Il a disparu, lui aussi ? Cela veut dire que nous ne sommes plus que deux… Béatrice a bien réussi son coup !

– De quoi parlez-vous ? s'étonna le professeur.

Le loup-garou serra les poings et expliqua :

– Vous n'avez donc rien vu ? Tous les habitants du manoir sont partis... Et cette écœurante odeur de menthe qui mène toujours chez Béatrice...

– Vous divaguez, mon pauvre Bernard ! Hans doit être dans sa chambre...

Le savant et le loup-garou montèrent à l'étage. Von Skalpel découvrit immédiatement le papier posé sur le lit de sa créature.

– Tiens, on dirait une lettre... Oh non ! C'est Ray Fortuna !

La lettre déposée là par Lucifred était celle que l'Horreur des marais avait reçue la veille :

Cher H.

J'ai bien reçu votre courrier. Je serai
très heureux de faire votre connaissance.
Rendez-vous à Nordburg aussi vite que
vous le pourrez, et je vous recevrai aussitôt !
Très cordialement,

Ray Fortuna.

Maudit savant

– Catastrophe ! gémit le savant. Cet abruti de Hans est parti à Nordburg.

– Donnez-moi ça, gronda Bernard en arrachant la feuille des mains du savant.

Il la porta à sa truffe, la renifla et grogna d'un ton suspicieux :

– Encore cette odeur de menthe ! Il y a du Béatrice là-dessous ! Certainement un faux.

– Absolument pas. C'est bien le papier à en-tête de Fortuna, et je reconnais sa signature. Hum… Avec un peu de chance, Hans est parti ce matin. Je peux encore le rattraper !

Le professeur alla enfiler sa veste, suivi du loup-garou, qui grommelait :

– Non ! N'y allez pas ! C'est un piège !

– Je ne peux pas prendre ce risque ! Si Ray Fortuna le rencontre, c'en est fini de ma petite combine !

De la fenêtre de sa chambre, Béatrice observait le parc. Malgré l'obscurité qui commençait à l'envahir, elle put apercevoir très distinctement Von Skalpel, qui courait vers la route, sa valise à la main.

– Encore un qu'on ne reverra pas de sitôt, Lucifred ! Il va chercher Hans dans tout Nordburg. Et Hans en est très loin !

– Mademoiselle est géniale ! Je suppose qu'elle a déjà tout prévu pour ce loup-garou !

Béatrice sortit de sa poche le « Guide des créatures de la nuit » dérobé à Von Skalpel :

– Absolument, Lucifred. Il est fort dangereux, mais nous allons attendre que…

Béatrice s'arrêta pour écouter les bruits de pas menaçants qui ébranlaient l'escalier. Le loup-garou montait, bien décidé à ne pas se laisser faire.

Maudit loup-garou

– Lucifred ! Va l'arrêter ! Il ne faut pas qu'il entre ! Pas maintenant !

– Je m'en occupe, Mademoiselle Béatrice, soyez sans crainte !

Lucifred prit son apparence la plus terrifiante : un démon au poil rouge comme les portes de l'enfer et aux larges cornes de bouc. Il se posta, les bras croisés, devant la porte de la chambre et attendit Bernard avec un air féroce. Le loup-garou ouvrit la bouche d'étonnement en le voyant.

– Halte ! Retournez d'où vous venez, ou vous aurez affaire à Lucifred, démon de troisième grade, diplômé en tourments infernaux et grand pourfendeur de loups-garous !

Bernard, un moment décontenancé, renifla et grogna :

– Un démon qui sent la menthe, ça ne fait pas sérieux !

Et, d'un coup de patte, il projeta le démon de troisième grade à l'autre bout du couloir.

Béatrice était en train de parcourir avec frénésie son grimoire. Elle entendait les coups furieux de Bernard contre la porte. Le loup-garou hurlait maintenant :

– Ouvre, ouvre, maudite sorcière ! Je veux des explications !

Béatrice avait eu juste le temps de relire un sortilège lorsque Bernard fit irruption dans la chambre, griffes et crocs en avant, prêt à lui sauter à la gorge. Béatrice eut juste le temps d'ouvrir la fenêtre en murmurant une formule magique, et elle s'envola dans la nuit. Bernard, emporté par son élan, passa lui aussi par-dessus bord.

Béatrice avait quelques difficultés à maîtriser son sort d'envol. Elle n'avait ni la majesté de l'aigle, ni l'agilité du moineau, mais plutôt la lourdeur du porcelet : c'est-à-dire qu'elle tomba comme une pierre en hurlant.

Les deux adversaires se retrouvèrent, groggy, quelques mètres plus bas. Ils avaient atterri sur les sables mouvants à moitié gelés, qui avaient amorti le choc.

Béatrice, encore sonnée, aperçut dans l'obscurité

la masse sombre du loup-garou qui s'apprêtait à en finir avec elle. La pleine lune se leva alors, éclairant la scène de ses pâles rayons. Béatrice brandit le grimoire, qui l'avait suivie dans sa chute, et attendit, un sourire féroce aux lèvres.

– Vous croyez me faire peur avec ce bouquin ? Admettez que vous êtes trop nulle en magie, ma pauvre ! dit Bernard en s'approchant.

– Et vous, vous êtes trop étourdi ! lança la sorcière.

D'un geste foudroyant, elle abattit son lourd grimoire

PFFF!

MÉMOIRES T.27

BRUCE LEE

sur la tête de son adversaire. En temps normal, il aurait à peine senti ce coup, mais, là, il s'effondra aussitôt, car, un instant auparavant, le redoutable loup-garou s'était en effet transformé en un petit homme grassouillet.

Lucifred, qui venait de sortir du manoir, se précipita au secours de sa maîtresse :

– Tout va bien, Mademoiselle ?

– Oui, Lucifred, pas grâce à toi.

Montrant du doigt l'homme étendu à terre, Béatrice continua :

– Ce pauvre Bernard avait un secret, que j'ai découvert dans l'ouvrage de Von Skalpel. Sous l'influence de la pleine lune, contrairement aux autres loups-garous, qui sont des humains se transformant en bête, ce pitoyable animal se transforme en humain ! Il m'a suffi d'attendre le bon moment pour frapper.

Maudite maman

Lucifred avait un compte à régler avec Bernard. Il demanda à Béatrice l'autorisation de s'en débarrasser personnellement.

– Hum… accordé ! Mais contente-toi de le ligoter et de l'emporter au loin. Je ne tiens pas à me mettre à dos les amis des bêtes en éliminant une espèce en voie de disparition !

– Parfait, Mademoiselle, s'écria Lucifred, qui avait déjà commencé à entraver son ennemi. Je vais l'emmener à travers les airs jusqu'à une île perdue au large du Chili ou de la Suisse !

Lucifred chargea sur son dos Bernard, toujours assommé, et commença à battre de ses petites ailes. Il rougit, grinça des dents et finit par reposer son fardeau :

– Hum ! Je pense qu'il sera encore plus humiliant pour lui d'être transporté en brouette jusqu'à la décharge municipale.

Tandis que le couinement de la brouette de Lucifred s'éloignait dans la nuit, Béatrice contempla le manoir de Mortelune, le domaine de ses ancêtres. Elle en était enfin la seule occupante !

Elle avait la ferme intention de lui rendre la splendeur des années de son enfance. Elle imaginait déjà Lucifred affairé à restaurer les murs effondrés

Ben, on est pas arrivés...

et à recoudre les tentures déchirées, tandis qu'elle se plongerait avec délice dans l'étude de la magie.

Le nom des Mortelune serait de nouveau glorieux, et peut-être même que son père déciderait de revenir pour la féliciter…

Elle entra dans le manoir, son grimoire à la main, perdue dans ses rêves de gloire. Soudain, elle se figea. À quelques mètres d'elle, dans le salon, quel-qu'un regardait « Bonsoir les clips » à la télévision, reprenant à tue-tête le refrain idiot du groupe qui chantait sur l'écran : « Ki-ri-golo, c'est le roi du banjo ! Ki-ri-golo, on en est tous dingos ! »

Sa mère, Céleste, le spectre le moins sinistre de l'au-delà ! Béatrice l'avait complètement oubliée dans ses plans.

– Ah, ma fille ! Mais où sont-ils donc tous passés ? Je voulais leur proposer une partie de Bonne paye !

Béatrice s'efforça de rester calme :

– Maman, tous ces abrutis sont partis. Ils en ont eu assez de tes pitreries, je crois. Nous sommes seules, à présent, en famille ! Bien tranquilles.

Céleste restait sans voix. Elle ne parvenait pas à croire qu'elle avait pu faire fuir qui que ce soit, elle qui s'était toujours employée à mettre une bonne ambiance ! Béatrice continua :

– Bon, je dois réviser ma magie. À plus tard !

Elle monta dans sa chambre, verrouilla la porte et ouvrit son grimoire à la page : « Exorcismes. Comment se débarrasser définitivement des fantômes. »

La formule magique était longue, et il fallait préparer un rituel assez compliqué. Béatrice rassembla tous les ingrédients nécessaires et descendit dans la seule pièce assez grande pour une telle cérémonie : le hall d'entrée du manoir.

Béatrice traça sur le sol un large cercle orné de signes compliqués. Elle l'entoura de bougies confectionnées avec de la cire d'oreille de bouc. Elle déposa au centre du cercle un pot de moutarde à la date de consommation périmée, trouvé dans le frigo de la cuisine. Béatrice ricana méchamment en songeant que cela serait la prison de Céleste pour l'éternité.

Debout au milieu du cercle, Béatrice commença son incantation :

– Oh, forces des té- nèbres ! Je vous implore d'envoyer votre plus puissant guerrier pour

affronter Céleste, le sinistre spectre qui hante ces lieux ! Qu'il le contraigne et le retienne prisonnier à jamais dans ce réceptacle.

Tout en prononçant ces paroles, Béatrice leva au-dessus de sa tête le pot de moutarde.

C'est alors que, dans un terrible fracas, la porte d'entrée s'ouvrit et un démon apparut.

C'était Lucifred, qui se mit à geindre :

– Mademoiselle Béatrice, j'ai eu quelques petits soucis…

Maudit démon

Lucifred n'attendit pas la réponse de Béatrice, et il se retourna pour refermer la lourde porte derrière lui. Mais un coup particulièrement violent le projeta au milieu de la pièce, tandis que la porte s'ouvrait en grand. Dans un brouhaha de cris et de grognements, Hans entra dans la pièce, suivi de l'Horreur des marais, de la famille Fémur, des zombies et de Dracunaze. Le professeur Von Skalpel fermait la marche, portant Bernard sur son dos.

Hans pointa sur Lucifred un doigt accusateur :

– C'est lui, mon professeur ! Lui que j'avais vu dans ma chambre, un démon !

Béatrice demanda d'un ton détaché :

– Euh… Tiens ! Vous voilà de retour ! Où étiez-vous tous ?

Dans un vacarme assourdissant, chaque monstre commença à raconter son histoire :

– Avec la pluie, mon sortilège de beauté a coulé, dit Hans, alors j'ai pas osé prendre le bus…

– J'ai trouvé l'Horreur et Hans sur la route de Nordburg, qui discutaient. Et l'Horreur m'a parlé d'une lettre de Ray Fortuna, ajouta Von Skalpel.

– Quand on est passé à côté du sarcophage abandonné dans le fossé, on a entendu des coups. Ça nous a paru suspect, alors j'ai dit à Luc de l'ouvrir, et…

– Je suis sorti de mon cercueil juste à temps pour voir Von Skalpel et l'Horreur qui se bagarraient pour une histoire de lettre volée…

– On n'a pas vu la tour Eiffel ! Juste ce démon ridicule qui allait balancer Bernard dans la décharge…

Maudit démon

Béatrice tendit la main pour imposer le silence.
Puis, d'une voix théâtrale, elle déclara :

– Ah ! J'enrage ! Ma confiance a été trahie ! Alors
que je t'avais recueilli, toi, un ancien serviteur de ma
famille, tu as semé la discorde parmi les paisibles
habitants de cette demeure ! Tu as espionné et

comploté pour faire fuir mes compagnons et m'avoir à ta merci ! Et tu t'apprêtais sans doute à te débarrasser de moi ! Heureusement, mes amis sont revenus à temps ! Qu'as-tu à dire pour ta défense, Lucifred ?

Lucifred regarda sa maîtresse d'un œil implorant et gémit d'une voix à peine audible :

– Mais, Maîtresse, c'est vous qui…

– Oui, tu le reconnais ! C'est moi qui dois te châtier ! Eh bien, je te le commande, au nom de mon père, le plus puissant des sorciers, entre dans ce réceptacle, et qu'il soit ta dernière demeure !

Aussitôt, aspiré par une force qui le dépassait, Lucifred s'envola un instant dans les airs ; puis il se ratatina dans le pot de moutarde, que Béatrice referma d'un coup sec.

– Et voilà ! Plus jamais cet immonde démon ne pourra nuire à quiconque, je vous le garantis, mes amis.

Les monstres, stupéfaits par cette scène, regardaient Béatrice avec méfiance. Bernard, frottant la bosse qui ornait son crâne, déclara :

Maudit démon

– Grrr ! Pas moyen de me souvenir de ce qui m'est arrivé…

– Moi, j'aimerais quand même savoir à qui était destinée cette lettre ! dit l'Horreur en brandissant sa convocation.

– Je crois que vous nous devez des explications, Béatrice, ajouta le professeur Von Skalpel.

Béatrice s'avança vers les monstres, respira un grand coup et commença :

– Hum… C'est une longue histoire. Ce démon, autrefois lié à ma famille, semble être revenu du royaume des ombres pour accomplir quelque vengeance. Pour bien comprendre ce qui s'est passé, il nous faut remonter au XIIe siècle. Mon arrière-arrière-grand-oncle Théodose…

Béatrice improvisa une histoire tortueuse pendant un bon quart d'heure. À la fin, seuls le professeur et le comte Dracunaze essayaient encore de suivre. Les enfants Fémur jouaient à cache-cache avec Luc le zombie, l'Horreur bâillait sans retenue, et Bernard, de plus en plus nerveux, trépignait dans son coin. Béatrice continua :

– Et Lucifred organisa… euh… le départ du comte Dracunaze pour… euh… récupérer la cave.

Béatrice ne savait plus quoi inventer. Alors qu'elle sentait que son public, peu convaincu par ses explications, était sur le point de lui poser des questions embarrassantes, une voix réjouie en provenance du salon demanda :

Maudit démon

– Qui veut faire une Bonne paye ?

– Oh ! Oui ! s'écria l'Horreur.

– Super ! ajoutèrent les enfants Fémur.

Et tous les habitants du manoir de Mortelune coururent s'installer autour de la table où Céleste avait déjà disposé le plateau de jeu, tandis que Béatrice allait cacher au plus profond de son armoire le pot à moutarde où Lucifred devait passer de longues, de très très longues années.

Retrouve tes héros préférés dans

BERNARD, LE LOUP-GAROU

Où est passée la pizza
de l'Horreur des marais ?

Pourquoi les habitants de Saint-Gilet
se dirigent-ils vers le manoir ?

Qui est le mystérieux agresseur
du professeur Von Skalpel ?

Bernard a-t-il enfin
rencontré l'amour ?

TOUS CES MYSTÈRES
INCROYABLES ET STUPÉFIANTS
TE SERONT RÉVÉLÉS DANS

MAUDIT MANOIR
N°4 à paraître
en septembre 2001

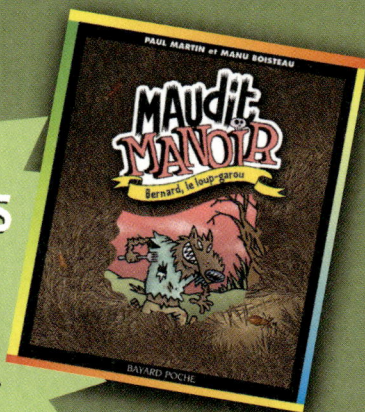

DANS LA MÊME COLLECTION

N° 1 – LES EXPÉRIENCES DE VON SKALPEL
N° 2 – HANS, LE MEILLEUR DES MONSTRES
N° 3 – LES MALÉFICES DE BÉATRICE

Merci au gentil docteur script Patrick Bideault
pour sa précieuse dissection.

Illustration de couverture : Matthieu Roussel

Suivi éditorial : Agnès Massot

Maudit Manoir est une marque déposée conjointement
par Bayard Presse / Paul Martin / Manu Boisteau

© Bayard Éditions Jeunesse, 2001
3, rue Bayard, 75008 Paris
ISBN : 2 7470 0033 8
Dépôt légal : juin 2001
Loi 49-956 du 16 juillet 1949 sur les publications destinées
à la jeunesse
Reproduction, même partielle, interdite

Aucun monstre n'a été maltraité au cours de la réalisation de ce livre.

Imprimé en France par Pollina 85400 Luçon - n° L83831

Retrouve les héros de Maudit Manoir dans le magazine Astrapi

Astrapi, le magazine des 7-11 ans, qui se lit avec sa tête et ses mains

POUR LES 7-11 ANS

Astrapi

N°517

je m'active • je découvre • je lis • je m'infor...

Spécial Moyen Âge
LA FÊTE AU CHÂTEAU

Tous les 15 jours chez ton marchand de journaux